Carl Ignaz Geigner

**Der deutsche Engländer oder Sir John Littleman**

Ein deutsches Originallustspiel in vier Aufzügen

Carl Ignaz Geigner

**Der deutsche Engländer oder Sir John Littleman**
*Ein deutsches Originallustspiel in vier Aufzügen*

ISBN/EAN: 9783743456792

Hergestellt in Europa, USA, Kanada, Australien, Japan

Cover: Foto ©Andreas Hilbeck / pixelio.de

Manufactured and distributed by brebook publishing software (www.brebook.com)

Carl Ignaz Geigner

**Der deutsche Engländer oder Sir John Littleman**

Der teutsche Engelländer

oder

# Sir John Littleman

sonst genant:

## Johann Kleinmann.

Ein

teutsches Originallustspiel

in vier Aufzügen

worin nicht geheurathet wird

von Dr. Geiger.

Regensburg, 1789.

In der Montagischen Buchhandlung.

Dem

Hochwürdig-Hochwohlgebornen

Reichs Freiherrn

## Carl von Ulm auf Erbach,

Domkapitular in Augsburg

gewidmet.

Hochwürdig-Hochwolgeborner
## Reichs Freiherr!

"Nicht in der Stellung der Klienten,
"Die mit erseufzten Komplimenten
"Und einer Dedikation,
"Gepriesnen Mezenaten drohn —"

nein: aber um Ihnen meine Dankgefühle für die angenehmen Stunden zu bezeigen, die Sie mir in Ihrem geistreichen Umgange zuzubringen erlaubten, und Ihren seltnen Verdiensten ein öffentliches Denkmal der Hochachtung zu stiften, die mein Herz selbst Königen ohne Verdienst versagt, überreiche ich Ihnen — als einem Freunde der schönen Litteratur und des teutschen Karakters — gegenwärtige Blätter, und nenne mich

## Euerer Hochwürden
### Hochwolgebornen

ungeheuchelten Verehrer
Dr. Geiger.

# Vorbericht.

Ich habe von den verschiedenen Schaubühnen, die ich in Deutschland sah, immer die Bemerkung abgezogen, daß die Stücke so selten dem Geiste der Zeit, der Nation u. s. w. entsprechen.

Da sieht man stets nur entweder die alten Laster mit neuen Geiseln durchpeitschen — Laster, die seit Vater Adams Bisse, unterm ganzen Haufen seiner Kinder, von einem Pole zum andern gang und gäbe sind, als: Geiz, Neid, Eifersucht, Wollust, Meineid, Verrätherey u. s. w. immer Geschichten aus alten Zeiten, Helden fremder Nationen, fremde Situationen, fremde Karaktere: oder die Schule der Tugend und Sittlichkeit — die Schaubühne wird gar zur Schule des Buhlwesens profanirt; wo jedes Mädchen fein frühzeitig die Kunst lernt, eine Intrigue amou-

amoureuſe zu ſpielen, eine Affaire de Coeur zu traktiren, und Eltern oder Tanten zu betrügen. Die feinſte Intrigue, ein Par hübſche franzöſiſche Arietchen dazu, beſtimmen gemeiniglich den Wehrt eines Stückes. Von **äſthetiſcher Schönheit** iſt in all den Dinglein nicht eine Spur.

Die erſte Gattung von Stücken hat nun wohl ihren hohen Wehrt: aber ſo intereſſant, ſo nützlich können ſie nimmermehr für uns ſeyn, als es Stücke ſeyn können, die da Laſter, Thorheiten, Geſchichten, Helden, Karaktere ꝛc. darſtellen, welche der Dichter aus **unſerer Zeit, unſerer Nation, unſeren Verhältniſſen** herausgehoben hat.

Dieſe Eigenſchaften müßten, dünkt mich, die Grundzüge von einem **Nationaltheater** ſeyn, und nach dieſer Vorausſetzung iſt wohl die Frage: Ob es ein teutſches Nationaltheater gebe?

Ich dachte daher, mir ein Verdienſt um die teutſche Schaubühne zu machen, wenn ich derſelben ein Stück lieferte, das eine itzt einrei=

einreiffende, fchädliche Modethorheit **unferer Nation** und **unferes** Zeitalters durch das Ridiculum acre zu korrigiren fucht.

Ich wollte aber nicht, daß man meinen Helden als eine durchaus lächerliche Figur anfähe. Er hat übrigens ein edles Herz, einen hellen Kopf, und einen hohen Geift, der fich in allem äußert, was nicht auf die verftimmte Saite feiner Seele anfchlägt. Ich will dadurch zeigen, wie die beften, edelften Menfchen durch gewiße Modethorheiten angefteckt werden können: denn nur um folche ifts zu thun; um Schurken und Dummköpfe ift kein Schade.

Eben fo wenig wollt ich mein Stück in mühfam gefuchte Verwicklungen verzwirren. Zwar weiß ich wohl, daß eine Zeit war, wo man die Knoten im Schaufpiele eben fo wefentlich fand, als in der Staatsperücke; und daß es noch heut zu Tage fehr viele gibt, die kein Verdienft eines Stückes kennen, als ftudierte Knotenfchürzung und Entwicklung. Ich hätte den Herren auch fehr leicht ihr Genüge

nüge thun können; hätte gleich z. B. können Marianen zur Pflegetochter des Herrn Koder oder Kleinmanns machen, diesen durch die Verschwendung seines Sohnes in Schulden stecken bis übern Kopf — Littleman und Marianen simpatisiren, sich lieben lassen. Bede hätten sich aber nicht heurathen können, weil sie arm wären. Das hätte dann gar herrlichen Stof zu verliebten Winseleien und zu Intrigues amoureuses gegeben. Und nun wär 's gar schön anmuthig zu sehen gewesen, wie auf einmal — ut Deus ex Machina — ein stattlicher Herr daher kömmt, und sichs nun plötzlich aufklärt, daß er der Vater Marianens ist, den man bisher nicht wußte, daß er sie — z. B. im Kriege, beim Ueberfall der Feinde im Sturm und Brande hier als ein klein Kind verlohren, gestorben geglaubt ꝛc. ꝛc. Und nun — da giengs dann los — das wär ein Umarmen, ein Rufen: Vater! Tochter! — und mancher Süßling und manche empfindlende Dame in den Loschen könnten hier gar schön ihr gutes Herz sehen lassen. Der neu angekommene Vater müßte nun die Liebe der

*jungen*

jungen Leutchen gehörig erfahren, und — versteht sich — der Tochter eine große Summe seines Vermögens mit der Einwilligung zur Heurath geben, und die Heurath wäre nun das Vehikel zur Besserung des Englishman und der Ausgang des Stückes, wohlhergebrachtermaßen — die Heurath.

So hätten sich in einer halben Stunde des Nachdenkens verschiedene sehr interessante Knotenschürzungen und Entwicklungen finden lassen. Das Ding ist auch sehr schöne und erbaulich. Aber ich bin der festen Meinung, daß die Schaubühne nicht nur der Schauplatz vom Außerordentlichen und Wunderbaren, sondern die Schule des gemeinen Lebens sey; daß man daher die Dinge darauf so vorstellen solle, wie sie im gemeinen Leben täglich geschehen, oder wahrscheinlich geschehen könnten; weil wir weit mehr Interesse daran nehmen.

Mein Englishman könnte z. B. durch diese Folge der Entwicklung gebessert seyn: aber welche Besserung für die Zuschauer? Befindet sich wol einer unter tausend solchen Thoren in demselben Falle? Ist der Thor gewarnet? Ist Thorheit gezüchtigt? — An all dieß wird selten gedacht. Welche Lehre für den Zuschauer! Der Thor erhält ein reiches Mädchen, das er liebt. — Das sollte jedem Narren Muth machen, ein Narre zu seyn. Gleichwol ist dieß und dergleichen nur gar zu gewöhnlich die Entwicklung der Stücke; und ich wollte wetten, mein Lustspiel würde vielen besser gefallen, wenn ich ihm jene Wendung gegeben hätte.

Allein ich wünschte, daß jeder Dichter so eigensinnig wäre, als ich, dem Geschmacke des Publikums nicht um ein Harbreit nachzugeben: sobald er aus den Schranken des Aesthetischen weicht. Dadurch müßt' er wieder zurücke gebracht werden: so wie er durch schmiegsames Nachgeben immer tiefer ins Niedrige fällt.

Itzt nur noch ein Wörtchen über den Karakter meiner Mariane! Mancher, der mich aus meinem Gustav Wolart und andern kennt, mögte vielleicht denken, daß ich meine eigenen

eigenen Helden oder meine eignen Empfindungen parodirt habe. Ich bitte daher diesen, wohl zu unterscheiden, daß Marianens Schwärmereien nichts anders, als Modeempfindeley, das ist, Krimasse und Bulerey — jene hingegen von meinem Wolart und Julien, wahre innige Empfindung der Seele voll Tugend seye.

Ob ich aber auch diese gutheise, ist darum noch nicht ausgemacht. Ich wollte vielmehr in meinem Wolart die gefärlichen Folgen wahrer schwärmerischer Empfindsamkeit zeigen, und davor warnen \*): so wie ich in Marianens Karakter krimassirte Empfindsamkeit lächerlich zu machen suche.

Der Verfasser.

---

\*) Man miskennt daher den Zweck jenes Büchleins, da mans in der Leipziger gelehrten Zeitung unter die gefährlichen setzt.

Personen.

## Personen.

Jakob Kleinmann, ein deutscher Bürger.

Johann Kleinmann, hier, John Littleman, sein Sohn, der deutsche Engelländer.

Herr Rodex, Jurispracticus, Gevatter und Hausgenosse des alten Kleinmann.

Mariane, seine Tochter.

Isak Berlew, ein Jude.

Jaket, Bedienter des Sir Littleman.

Grete, Mädchen der Mariane.

Die Handlung geht in Kleinmanns Hause vor; und die ersten zwei Aufzüge in einem gemeinschaftlichen Sale.

# Erster Aufzug.

## Erster Auftritt.

### Jak. Kleinmann, Herr Kobex.

**Kleinmann.** Ja, das kann der Herr Gevatter nicht glauben, was ich vor ein Herzleid mit dem Jungen habe. Ich dachte was aus ihm zu ziehen; denn es fehlt ihm nicht an Kopfe; schickt ihn nach der hohen Schule, daß er was Rechts lernen sollte; damit ich in meinem Alter Freude und Ehr an ihm erleben mögte.

**Kobex.** Bene, bene.

**Kleinm.** Ja bene bene; hat sich wohl. Das erste Jahr gings noch zimlich gut. Das zweite Jahr erhalt ich einen Brief von ihm; wie ich nach der Unterschrift blicke: sieh! da stand

stand nicht mehr wie sonst, Johann Kleinmann; da stand — Iohn Littleman. Ich wußte nicht gleich, wie mir geschah, rieb die Augen, hielt das Papier näher vors Gesicht; es blieb nach, wie vorher: Iohn Littleman — ich zog meine Brille hervor; guckte hindurch und las: Iohn Littleman! besah die Handschrift; es war die Seinige. Barmherziger Gott, dacht ich, was muß sich mit dem Jungen zugetragen haben, daß er seinen Name nicht mehr weiß? Ich las den ganzen Brief nochmal durch, und fand nun auch hie und da, meiner Meinung nach, so was seltsames darin. Mir ward itzt ordentlich bange: bis mir der Herr Rathschreiber aus dem Traume half; der belehrte mich, daß jene Worte englisch seyen, und auf teutsch heissen. Johann Kleinmann.

Rod. Englisch! Aber wie Teufel, Herr Gevatter! kömmt dann Ihr Sohn zu einem englischen Namen? Hoc non intelligo, ha ha ha!

Kleinm. Hier sitzt eben der Knote. Stell sich der Herr Gevatter vor; da führt ihn der böse Geist an einige Engländer. Die Kerls thun

thun außer ihrem Vaterlande teuflisch toll und dicke, wie man sagt: das gefiel meinem Laffen und andern seines gleichen so wohl, daß sie mit Leib und Seele durchaus englisch seyn wollen; nichts als englisch reden, englisch schreiben, sich englisch kleiden, englisch reiten, englisch gehen, englisch — wer weiß was all!

Kod. Ha ha ha ha! — Daß wir Gelehrte unsre Namen ins Lateinische übersetzen; weil dieß die Sprache der Gelehrten ist: das läßt sich hören: so heißt z. B. der große Rechtsgelehrte Strik, Strikius, Klok, Klokius, Geselle, Gesellius; selbst mein Uraltervater hieß eigentlich Kot; mein Grosvater — Vir in omni scibili quam versatissimus, juris utriusque Doctor et Practicus longe celeberrimus — veränderte das t in d, und that dem Worte noch das ex hinzu; und so entstand dann unser Name Codex, den wir bis diese Stunde mit Ehr und Ruhme führen. Also, wie ich sage, mit den Uebersetzungen der Gelehrtennahmen ins Latein ists ganz was anders: aber einen teutschen Namen ins Englische übertragen — ha ha ha! das hab ich all meine Tage

Tage nicht gehört — Kleinmann, Littleman, ha ha ha!

**Kleinm.** Darüber läßt sich wohl noch lachen. Aber das Schlimste kömmt erst. Um den Engländer nachzuäffen, macht man auch den thörichten Aufwand mit. Mein junger Lord spricht von keinem Gelde, als Guineen. Stellen Sie sich vor; da zahlt er in Göttingen zwei Guineen monatlich für Wohnung, eine halbe Guinee die Woche für Mittagskost, eine Guinee monatlich seinem Jakel und so fort — daß dich der Teufel mit deinen Guineen! Von Spazierritten, Spazierfahrten und andern tollen Verschwendungen will ich gar nicht sprechen: Kurz, der Herr Gevatter mag mir glauben, oder nicht: mein Laffe hat mich in den britthalb Jahren, die er zu Göttingen war, dreitausend Gulden gekostet!

**Rodex.** Dreitausend Gulden! Veré summopere prodigus! dreitausend Gulden! Das ist ein Sündgeld. Dafür könnt' ein Anderer zehn Jahre mit Frau und Kinde leben. Dreitausend Gulden!

**Kleinm.**

Kleinm. Und was hat er dafür? dieses: daß er englisch gelernt hat, und — ein Narre geworden ist. Ueber dem Englischthun und Englischlernen ist alle Brodwissenschaft versäumt worden; und er hat sich so ganz mit Leib und Seele seiner Tollheit überlassen, daß er für alles andere weder Sinn, noch Gefühl übrig behielt. Er mag kein Buch lesen, als ein englisches; mit niemanden umgehen, als mit Engländern; kein Mann hat in seinen Augen Verdienst und Talente, als — ein Engländer.

Rod. Bene, bene. Er ist also mente captus et prodigus, consequenter ist er incapax, sein Geld und Gut zu verwalten, und der Herr Gevatter muß ihm in testamento Curatores setzen, Curatores muß man ihm setzen!

Kleinm. Das sind insgemein die schönen Früchte vom Reisen junger Leute. Sie verschleudern unser Geld in fremde Länder, und bringen uns dafür Thorheiten, oder Laster dorther zurücke.

Rod. Aber mit Verlaub, Herr Gevatter, das ist ganz was anders mit dem Reisen nach
Univer-

Universitäten. Da sammelt man für sein Geld Schätze von Gelehrsamkeit, und bringt sie ins Vaterland zurücke, Schätze von Gelehrsamkeit, Herr Gevatter, thesauros eruditionis. Wie Sie mich hier sehen, Herr Gevatter, ich will mich eben nicht rühmen: aber man kennt den Advokat Kodex, und meine Praxis ist eine der besten im ganzen Lande — nun sehen Sie, wär ich, wären viel andere meines gleichen das geworden, wenn wir nicht auf Universitäten gewesen wären? —

Kleinm. Herr Gevatter, ich bin nur ein unstudierter Mann: aber soll ich Ihnen sagen, was mir so mein schlichter Menschensinn eingibt? Sehen Sie, ich glaube, daß Ihre Universitäten gar nicht nöthig wären, um Gelehrte zu bilden. Oder muß dann all dieß Zeig, was man Wissenschaft nennt, muß das gerade an gewißen Orten, die man Universitäten heißt, und von gewißen Männern, Professoren genannt, gelehret werden? Mich dünkt, dieß Vorurtheil kömmt aus den Zeiten her, da es noch wenig Gelehrte gab, und diese wenigen entweder an Dikasterien, oder auf hohen Schu-

len

len angestellt waren; weswegen man genöthigt war, die letztern zu besuchen. Aber in unsern Zeiten, Herr Gevatter, gibts doch, wie man hört, überall soviel gelehrte und geschickte Männer: und da ists doch bare Thorheit, wenn ich an all denen vorbey, nach der weiten Universität hin renne, und glaube, Weisheit und Wissenschaft könne nur aus dem Munde der Männer dort kommen, die dazu aufgestellt sind. — Und, Herr Gevatter! sind denn nicht eben Universitäten gerade die Orte, wo die meisten Klippen nicht allein der Gelehrtheit, sondern auch der Sittlichkeit junger Leute drohn? Wie wenige entkommen glücklich daraus? — Jtzt betracht' erst einmal der Herr Gevatter die Sache von der ökonomischen Seite. Bedenken Sie, welchen überschwenglichen Schaden durch das Auswandern auf Universitäten, die Staten gelitten haben, und noch wirklich leiden! Man darf nur berechnen, wie viel im Durchschnitte jeder Studirende jährlich braucht, ich will nicht sagen verschwendet; und wie viele deren nur aus einem Lande, so lange wir wissen, nach fremden Universitäten

sitäten gezogen sind: so wird sich eine Geld-
summe, die das Land verloren hat, darstellen,
worüber ein Patriot erschröcken muß. Nun
ziehen wir einmal den Kalkul verhältnismäßig
durch mehrere Staten — welcher entsetzliche
Geldverlust!! Unser große Friederich —
Gott laß ihn selig ruhen! — hat aus ähnli-
chen Gründen der rasenden Sucht zu reisen ge-
wehrt: mich nimmt Wunder, daß noch kein
philosophischer Regent das ungleich schädlichere
Auswandern nach Universitäten eingestellt hat.

Kod. Herr Gevatter! Herr Gevatter!
Sie gerathen zu sehr in Hitze. Man sieht
wohl, daß Sie nicht studiert haben. Die Herren von der Universität sind nun einmal in
Possessione exclusivâ der Gelehrtheit, und haben
das Ius praescriptionis immemorialis, dieselbe
zu treiben, und zu lehren.

Kleinm. O über die Gelehrtheit! Herr Gevatter Kodex! ich sage, und bleib dabey; so
lange man noch Gelehrtensache aus Recht und
Unrecht und Religion macht; so lange man
noch Jurisprudenz und Theologie aus Folianten und von Katedern lernt: so lange ist noch
keine

keine Aufklärung unter uns. Frazzen sind wir, deren Verstand noch in der Wiege liegt, und von Ammen eingelullt wird; Kinder, die Mannsröcke anhängen: weil sie gerne gros seyn möchten. — Ich will eine Prophezeyung thun — wir erlebens nicht mehr: aber sie wird eintreffen. Es wird eine Zeit kommen, da man keine Universitäten mehr haben wird; und der hirnlose Plunder von gelehrten Folianten wird höchstens noch — in Käsebuden gefunden werden. Dann werden unser Herz und Kopf, Gesätz und Ausleger, Religion und Theologie seyn. Aber freilich da muß unser Kopf erst in den Hut gewachsen seyn, den wir jetzt aufsetzen, und unter dem wir so posierlich hervorgucken, wie das Aefflein, das da tanzet.

Rob. Ei, ei, Herr Gevatter! so hab ich Sie noch nie gehöret. Sie kommen ja ordentlich in Extasin; und da will ichs Ihnen dann zu gute halten: aber über meine Jurisprudenz laß ich mir nichts kommen, bey meiner Seele nicht! das sag ich Ihnen, die lassen Sie mir ungehudelt, Herr Gevatter, wenn wir gute Freunde bleiben sollen.

Kleinm.

Kleinm. Nun, nun! ich dachte nicht gleich daran. Nehmen Sie mirs nicht übel. Sie können mirs warlich nicht verdenken, wenn ich Ihrer Jurisprudenz gram bin: denn sie hat mir einen verteufelten Possen mit meinem Sohne gespielt.

Kob. Ei! daran hat die Iurisprudentias nur culpam remotam, wie wir Gelehrte sagen. — Es ist nun heut zu Tage nicht anders, jeder Vater hat nun so seine eigne Plage mit seinen Kindern. Es geht mir mit meiner Tochter auch nicht viel besser.

Kleinm. Wie so?

Kob. Was weiß ichs? Das ist was ganz Kuriöses mit dem Mädchen. Mit rechten Dingen gehts wohl nicht zu. Ich rede auch nicht gerne davon: aber dem Herrn Gevatter mag ichs doch unter uns wohl sagen. Sie hat so ihr Wesen mit dem Monde, mit den Veilchen, Vergißmeinnichten und besonders mit den Quellen. Sie läßt alles im Stiche; läuft im Mondenscheine herum; sucht Veilchen, und legt sich an Quellen; spricht, wenn sie allein ist, mit ihnen und besonders mit den Quellen;

len; weil sie das Rieseln derselben, in ihrem Wahnsinne, vor eine Art von Sprache hält. Ich habe sie einmal belauscht; da hatte sie ein halb verdorrtes Veilchen in der Hand; dem hielt sie eine ordentliche Leichenrede und vergoß Thränen dabey. Ein ander Mal sucht' ich sie, und fand sie im Mondenscheine, an einer Quelle. Sie sprach abgebrochne Worte; ich konnte aber nichts verstehen, als: "Wie du so blaß bist! Gewis Du trauerst. Und Du einsame Freundin, murmelst Wehmuth in seine Trauer." Ich sah mich um: sah aber weder einen Menschen der blaß gewesen, noch eine Freundin, die gemurmelt hätte. Seitdem sie mit diesem Wesen geplagt ist: spricht sie alles in einem sanften, wehemüthigen Tone; macht, wie begeistert, manchmal Verse, und da liegt alles drunter und drüber an Quellen; pflückt Veilchen und Vergißmeinnichten; wohnt in Hüttchen; sieht in Mond, und winselt. Sie ist außerordentlich mitleidig mit jedem Thiere, und kann nicht leiden, wenn ich eine Mücke erschlage; sie gab der Magd derbe Ohrfeigen, weil diese ihren Hund geschlagen hatte,

B 2 und

und ich mußte das Mädchen aus dem Dienste schicken: so verbittert ward sie auf dieselbe. Ueber meinen alten Pudel war sie untröstlich, als er starb: ich erinnre mich nicht, daß sie über den Tod ihrer Mutter mehr gejammert habe; und sie schrieb, nach ihrer Art, so was auf ihn, betitelt: der gute Pudel. Kurz; ich kanns nicht zusamm reimen — es muß dem Mädchen von bösen Leuten angethan worden seyn: anders kann ichs nicht erklären. Sie sind auch ein gescheider Mann, Herr Gevatter, was meinen Sie, wenn ich Marianen exorziren ließe? Da müßte sichs doch wenigstens veroffenbaren.

Kleinm. Herr Gevatter, so viel ich aus Ihren Reden verstehe: so ist das all was ganz Natürliches. Aus mir wüßt' ichs nun freilich nicht; und unser einer sollte wohl glauben, es müßte mit bösen Dingen zugehn: aber mein Sohn, ehe der noch auf die hohe Schule ging, hatte so n' neues teutsches Buch; da las ich dann so manchmal an regnigten Abenden drinne — und da weiß ich noch, stands harklar so beschrieben, wies der Herr Gevatter

da

da erzält: die Leutchens löschten die Lichter in der Stube aus, sahen zum Mond, und weinten, wandelten Hand in Hand im Mondenscheine, und legten sich an Quellen —

Kob. Recht, recht! Nun?

Kleinm. Ich weiß noch, als wenns heute wäre, wie ich und meine selige Frau so herzlich drüber lachten! —

Kob. Nun, Herr Gevatter, nun, wie geschahs dann diesen Leuten?

Kleinm. Wies ihnen geschah? i nu, das kann ich wohl so eigentlich nicht sagen: aber was es war. Es war — Empfindsamkeit der Seele, wies der Autor beschrieb.

Kob. Empfindsamkeit der Seele! — Ei, Herr Gevatter! wollen Sie mich zum besten haben?

Kleinm. Noch einmal, wie ich Ihnen sage, Empfindsamkeit der Seele! Ich wunderte mich auch nicht wenig über diese Empfindungsart, und sprach einmal in einer Gesellschaft davon; da belehrten mich einige Modemänner;

männer; daß dieß itzt die herrschende Mode
sey. Ein junger Mann, oder ein Frauenzimmer von guter Erziehung, sagten sie, müsse
wenigstens dergleichen thun, als ob es beim
Anblicke des Mondes, eines Veilchens, oder
beim Rieseln der Quelle u. d. eine Wehmuth
im Herzen empfände, auch wohl, nach Beschaf-
fenheit der Umstände, eine Thräne fallen
lassen.

Rob. Was Sie mir da sagen, Herr Gevatter!.. Ist es möglich?.. Das sind mir
ja lauter spanische Dörfer. Was man doch
nicht all erlebt!.. Also wäre meine Tochter
nach der Mode? Dieß wäre Mode? Ei du
verfluchte Mode! Ich wollte lieber, daß Mariane behext wäre; da gibts noch Mittel für:
aber den Modeteufel — den Modeteufel, den
kriegt man mit allem Anatema und allen Ex-
orzismen nicht wieder aus den Weibsen.

## Zweiter Auftritt.

### John Littleman.
Die Vorigen.

John Littleman erscheint in einem runden Hute mit hohem Kopfe, abgeschnittenen Haren und offenem Halskragen. Die Hände in den Rockschosen, tiefsinnig und im schleppenden nachläßigen Gange. Er wird die beden Alten gewahr; lüftet kurz seinen Hut und will wieder gehn.

---

Kleinm. Warum fliehst Du uns? Bleib doch, mein Sohn! Ich weiß nicht, wie Du mir vorkömmst, seit Du von Göttingen zurücke bist. Du bist wie menschenscheu geworden; gehst mit niemanden um; man kann dich gar nicht geniesen.

Littl. Mit wem sollt ich auch umgehn? Kein Mensch dahier spricht englisch.

Kleinm. Aber höre doch nur, wo wird dann das noch am Ende hinausgehn, wenn du mit

mit niemanden als mit Engländern umgehn willst. Bedenke, daß Du kein Lord bist; daß Du unter Teutschen und von ihnen leben mußt.

Littl. Dafür wird mich wohl Gott behüten, so lang es noch in England Brod gibt. Und dann — wenn ich mich auch gerne mortifiziren wollte: niemand versteht mich; so teutsch ich auch immer spreche — ich finde so meine Menschen nicht — lauter Alletagsgeschöpfe ohne That- und Schnellkraft, ohne Sinn für das Wenige, was auf Gottes Erde noch was wehrt ist — Kerls, die mechanisch im Kreise ihrer Bestimmung, wies Vieh, dahin schleudern, ohne rechts noch links zu sehen, sich nur vom Schlendrian, von Gewohnheit, vom Vortheile, wie durch Zügel und Peitsche treiben lassen, und am Joche geduldig so fortziehen; weil sie dafür gefüttert werden. — Freilich wohl dem, der sich sein Gärtchen zustutzt, und Dämme baut und Wasserleitungen; um dem einreißenden Strohme zu wehren — und dann so gelassen alle Sonntage nach der Kirche, mit seinem Weibe und Kindern, im Putze

Putze hinspaziert auf der Heerstraße — und sich deß so inniglich freut, wie ein König, der seine weit eroberten Länder beschaut — wohl dem, sag ich, in unserm ausgearteten Teutschlande. Aber ich kann die Gattung gelassener, ruhiger Kerls nicht leiden — ich möchte mit den Zähnen knirschen, und mit den Füßen stampfen, über die Kraft, die so unthätig und unbenützt im Menschen vermodert. Da ist kein einziger Kerl, wie in England. God dam my! ein englischer Straßenräuber ist mehr wehrt, als ein teutscher Heiliger! —

Kod. Was sagt er da? Was heißt das?

Kleinm. Ich verstehe kein Wort davon. — Was willst Du dann mit all dem sagen?

Littl. Ich will sagen: Genie in Teutschland ist ein rasches Pferd an einer Karre. Entweder sein Muth, seine Kräfte gehen verloren: oder überdrüssig des dumpfen langsamen Polterns hinter ihm her, reißt es die Karre den rascheren Lauf mit sich fort — Ihr wollt es einhalten — es schlägt um sich; zerreißt die Zügel, zertrümmert die Deichsel — Er schlägt im Affekte um sich, Herr Kober und Kleinm. springen auf die

die Seite — und rennet frei und unaufhaltsam davon. *Zum Koder.* Eine alte träge Mähre taugt hier am besten. — O! warum unsre Deichsel noch nicht zertrümmert, unsre Zügel noch nicht zerrissen sind: da lassen die Thiere, ihrer Kräfte unbewußt, sich von jedem Schurken durch Zaum und Peitsche leiten, woran man sie von Jugend auf gewöhnt. *Immer heftiger.* Zittert für Eure Karre, Menschen! wenn Eure Thiere Menschensinn hätten........

Kod. *beiseite zu Kleinm.* Ich glaub, er ist unsinnig und rasend. Brechen Sie nur ab, brechen Sie ab von der Materie.

Kleinm. Wir verstehn kein Wort von dem, was Du sagst.

Littl. Sehen Sie, da haben wirs ja. Sagt' ichs Ihnen nicht eben, daß mich niemand versteht?

Kleinm. Laß uns also lieber ganz davon schweigen.

Littl. Aber weil Sie mich einmal ins Sprechen gebracht haben: so müssen Sie mir doch einige Zeilen englisch hören: und dann urthei-

urtheilen Sie selbst, ob nicht ein bezaubernder
Wohlklang in dieser Sprache sey. *Er zieht ein
Buch hervor.* Nur gleich das Nächste Beste.
*Er liest.*

> Love's the sweetest dearest pleasure
> to the human Heart convey'd:
> those, who give up love for treasure,
> quit the substance for the shade.

*Rob. zu Kleinen.* Loben Sie's doch nur;
sonst verfällt er wieder in seinen Paroxysmus.
*Laut.* In der That! man kann nichts wohl-
klingenders hören. Aber das werden Sie mir
doch auch eingestehn, daß die lateinische Sprache darin der englischen am Nächsten kommt.
Hören Sie doch nur einmal das Harmonische
in dem Verse: *Er skandirt ihn auf den Fingern.*

> Quadrupedante putrem sonitu quatit
> ungula campum.

Glaubt man nicht das Pferd leibhaftig im
Galoppe zu hören?

> Quadrupedante putrem etc.

Ohne Zweifel werden Sie auch in Göttingen viel von dieser Sprache profitirt haben?
Est lingua floribus plane fertilissima.

*Littl.*

**Littl.** Ich erinnre mich nicht, eine lateinische Periode da gehört zu haben.

**Rob.** Nicht eine lateinische Periode? Obstupeo!

**Littl.** Und warum erstaunen Sie? Wozu sollte auch in unsern Tagen eine Sprache, die niemand mehr spricht? Wozu fünf, sechs der besten Lebensjahre damit verschwenden, die man indeß zu weit nützlichern Kenntnissen anwenden könnte? Oder glauben Sie die Gelehrten müßten, wie die Zigeuner, eine eigne Sprache haben, die sonst kein Mensch versteht. Darf der Landmann, der Unstudierte die Gesätze nicht verstehen, nach denen er gerichtet werden soll? Aber nicht wahr, die Herren Advokaten würden zuviel dabey verlieren, wenn der Bauer ihnen in die Karte gucken könnte? Man will lieber mit ihm die blinde Maus spielen.....

**Rob.** Absit, absit toto coelo! Ich will das Latein deswegen gar nicht vertheidigen: aber ich meine propter suavitatem vocis —

**Littl.** *der ihm in die Rede fällt.* Ei was! propter suavitatem vocis. Sie sollten nur einmal

einmal die englische Sprache ein wenig kennen: God dam my! Sie würden die suavitatem vocis von Ihrer lateinischen nicht mehr rühmen. Zum Beispiele, versuchen Sies doch nur einmal, und sprechen Sie mir ein paar Worte nach. Sie müssens ordentlich im Munde fühlen, wie die Töne so ganz anders über Ihre Zunge schlüpfen. Versuchen Sies, sprechen Sie: jam an afs —

Kod. Verzeihen Sie, meine Zunge ist zu teutsch; sie ist nicht mehr biegsam genug zur englischen Aussprache.

Littl. Nein, Sie müssen mir den Gefallen thun, und die paar Worte aussprechen; damit Sie nur sehen, daß ich wahr spreche. jam an afs.

Kod. Nun, wenns Ihnen ein Gefallen ist. *Er spricht die Worte nach.*

Littl. Nicht so sehr durch die Kehle. Die englische Sprache bildet sich mehr im Munde. So: jam an afs. Nochmal, *zu Kodex,* jam an afs.

Kod. Iam an afs.

Littl.

Littl. *stampft vor Zorn.* Aber zum Teufel thun Sie mirs dann mit Fleiſe? Hören Sie dann nicht, wie ichs ausſpreche. *Indem er auf eine lächerliche Art den Mund verzerrt.* Iam an aſs — jam an aſs —

Kod. *beiſeite zu Kleinm.* Gott bewahre! er kriegt ſeinen Paroxysmus wieder. Laſſen Sie uns gehn. *Kleinm. geht ab.*

Kod. *will ihm nach.*

Littl. *hält ihn.* Nein, Sie müſſen mir das Wort erſt recht ausſprechen, um der Ehre der engliſchen Sprache willen, die Sie mir da verhunzen. Sehen Sie ſo — den Mund mehr offen, und die Gurgel mehr geſchloſſen, die Worte mehr geſtoſſen, nicht ſo matt hingelullt. So: jam an aſs — jam an aſs.

Kod. Iam an aſs, jam an aſs — *läuft ab.*

Littl. God damm the lourd German!

Dritter

## Dritter Auftritt.

### Littleman, Mariane, ihr Mädchen.

*Mariane auf Greten gestützt, kömmt erschrocken und halb ohnmächtig herein, und sinkt auf einen Stuhl nieder.*

**Mariane.** Ach Grete! ich kann mich gar noch nicht erholen von dem Schröcken..... Hat er Schaden genommen? Wo ist er?

**Grete.** Beruhigen Sie sich, Fräulein! Er ist unverletzt und wohl verwahrt.

**Littl.** Was gibts? Was vor ein Unglück ist Ihnen begegnet, Mariane?

**Mar.** Ach, Sie hier, Herr Littleman? Verzeihen Sie, ich hatte Sie in meiner Verwirrung gar nicht beobachtet.

**Littl.** Ohne Umstände; sagen Sie mir, was ist vorgefallen? Ist jemanden ein Unglück begeg-

begegnet? Kann ich Ihnen einen Dienst leisten? und worin? Sagen Sie — sagen Sie!

Mar. Ach! Ihre Güte rührt mich bis zu Thränen. Sie wischt sich die Augen mit einem Schnupftuch, Littl. ergreift gerührt ihre Hände. Sie dauern mich, arme Miß! Sagen Sie mir, worin kann ich Ihnen dienen?

Mar. Ach! Sie drückt ihm die Hände; ich sehe, Sie sind einer von den wenig empfindsamen Eolen. Gehn Sie denn, sehen Sie nach ihm, bringen Sie ihn her.

Littl. Wen denn? Wo ist er denn?

Grete. Er liegt in der Fräulein Zimmer im Bette.

Littl. Wer ists denn?

Mar. Ach, Minni, mein armer Minni!

Littl. Ihr Hund!... Wendet sich unwillig weg, und beißt in die Lippen.

Mar. Ach, denken Sie nur. Wir giengen mit ihm spazieren. Das arme Thierchen war noch so munter, es sprang so frölich um uns herum,

herum, und that so freundlich — ach! es ahnte nichts.... Wie wir ans Haus herkommen, springt ein abscheulicher schwarzer Pommer auf den guten Minni zu — das arme Thierchen schrie erbärmlich, und lief was es konnte durchs Haus — der garstige Pommer ihm nach — Ich zitterte, daß ich kaum diesen Saal erreichen konnte. Grete aber verfolgte sie, verjagte den häßlichen Pommer, und brachte das arme Thierchen zu Bette. Du mußt ihm hernach gleich auch von dem Pulver geben, Grete weißt Du?

Grete. Ja Fräulein!

Littlemann geht indessen, mit verbissenem Unwillen, auf und nieder, und murrt vor sich hin.

Mariane. Ich sehe, daß Sie Antheil nehmen, und das rührt mich. Ach, Herr Littleman! es gibt der guten, fühlenden Herzen so wenige!

Littl. bedeutend. Ja wohl, Mariane! und die, welche das beste Herz zu haben glauben, sind insgemein nichts, als Narren, oder Närrinnen mit schwachen Nerven.

C　　　　　Mar.

Mar. Da sitz ich denn oft so des Abends in der Dämmerung; sehe nach dem Monde — und denke mir, wie glücklich ich seyn würde, wenn ich so ein Herz fände, das mit dem Meinigen simpatisirte, einen Freund, eine Freundin, mit denen ich so Hand in Hand durchs Leben wandeln könnte — wie wir dann so zusamm in süsser Eintracht in unserm Hüttchen säßen — im blassen Mondenscheine — und mit Thränen im Auge, schweigend uns die Hände drückten! — Zärtlich nach ihm schielend: Aber so wohl wird mirs nicht werden. Sie wischt sich die Augen.

Littl. beiseite. Erbärmliche Närrin! laut. Mariane, ich will Sie lehren, wie Ihnen eben so wohl werden kann.

Mar. O wie, lieber Littleman? O wenn Sie das könnten!....

Littl. Hören Sie denn. Werden Sie eine treue Gattin, eine zärtliche Mutter, eine fleißige Wirthin — das heißt: lieben Sie Ihren Mann und Ihre Kinder, wie Ihren Minni; zittern Sie bey jeder Gefahr, die ihnen droht, wie beim Anblicke des schwarzen Pommers;

mers; statt in den Mond zu schauen, sehen Sie nach Ihrer Wirthschaft; statt daß Sie schweigend und Thränen im Auge mit Ihren Freunden im Hüttchen sitzen: laufen Sie mit ihnen in Scheunen, Stall und Küche umher. So wird Ihnen eben so wohl seyn und noch besser. — Leben Sie wohl. *Geht ab.*

## Vierter Auftritt.

### Mariane, Grete.

**Mariane.** Was wollt Er damit sagen? Warum bricht er so kurz ab, und geht? — Sollte meine Ahndung mich trügen? Sollt er mich nicht lieben? O ich fühls, daß ich mit ihm, nur mit ihm glücklich seyn könnte. O dieses edle Gefühl — diese warme Theilnehmung, womit er sich gleich für meinen Minni interessirte — und ein gewißer simpatetischer Zug — Du verstehst mich, Grete, haben mich ganz für ihn eingenommen. Glaubst Du, daß er mich entgegen liebt?

**Grete.**

Grete. Ist wohl ein Zweifel? Sahen Sie dann nicht, mit welcher Lebhaftigkeit er mit Ihnen sprach? mit welcher Empfindung er Ihre Hände faßte, wie seine Augen funkelten, Was wollen Sie weiter?

Mar. Aber warum sprach er dann nicht ausdrücklich von Liebe. Ich habs ihm doch genug auf die Zunge gelegt. Und dann seine letzte ernsthafte Anrede und sein frostiger Abschied —

Grete. Das ist nun einmal die Art der Engelländer. Sie sind, wie ich immer gehört habe, ein wenig steif und zurückhaltend. Man muß Ihnen stets auf halbem Wege entgegen kommen; oder sie müssen lange mit einem umgegangen seyn; wann sie sich mittheilen. Drum wäre mein Rath, um den lästigen Zwang kurz abzuschneiden, Sie schreiben ihm, und ich bring ihm den Brief.

Mar. Herrlich, Grete! Du bist ein vortrefliches Mädchen. Laß Dich küssen. *Küßt sie.* Aber bald hätten wir unsern lieben Minni über den Littleman vergessen. Komm, geschwinde laß uns darnach umsehn.

Fünfter

## Fünfter Auftritt.

#### Kodex, Kleinmann.

**Kodex.** Im Hereingehn. Gott seys gedankt, daß ich ihm noch so entkommen bin! verflucht sey das jam an afs und die ganze englische Sprache! Diese Lection will ich all mein Lebtage gedenken. Ich habe an Arm und Beinen gezittert. Meiner Seele! er ist ordentlich rasend. Die Augen rollten ihm im Kopfe herum, wie einem Besessenen; sein Gesicht ward glühend, und er brüllte fürchterlich. Wenn ich mich nicht noch eben zu rechter Zeit durch die Flucht gerettet hätte: ich glaube, er hätte mich angefallen und erwürgt, um der Aussprache von drei verfluchten englischen Silben wegen.

**Kleinm.** O! das nun wohl nicht. Sie sind auch gar zu furchtsam, Herr Gevatter. Aber sagen Sie mir nur ums Himmels willen, wie bring ich den Menschen wieder zurechte?

wie treib ich ihm seine rasende Leidenschaft für das Englische aus dem Hirne?

Rob. Ja, das wird schwer halten. Ich wenigstens lasse mich nicht mehr dazu brauchen; man riskirt Leib und Leben dabey. Mein Rath wäre, Sie ließen ihn unmasgeblich ins Tollhaus setzen: denn er ist nicht allein mente captus: er ist sogar furiosus.

Kleinm. Es ist mir um des üblen Nachklanges wegen. Es könnte ihm dereinst an seinem Glücke schaden. Und dann ist es auch sehr unsicher, ob er dadurch gebessert werde. Man weiß Beispiele, daß Narren im Tollhause noch närrischer geworden sind. Nachsinnend. Wenn wir ihm nur seine Thorheit so recht von der lächerlichen Seite darzustellen wüßten: ich meine, er müßte in sich gehn; denn er ist nichts weniger als dumm; seine Narrheit kömmt blos aus dem blinden Vorurtheile, daß alles Englische vortreflich sey. Ueber diesen Irrthum müßte man ihm also die Augen auf eine Art öffnen, daß er sich selbst seiner Thorheit schämte.

Rob.

Rob. Aber diese Art — das ist eben die Frage. Hic Rhodus, hic salta. Wie gesagt, ich will mich nicht drein wagen.

Kleinm. *Nachdenkend.* Da fällt mir was ein. Halt! *besinnend.* Ja, es geht. Sie wissen, daß er sogar eine Modepuppe aus England erhält. Er erwartet sie wirklich alle Tage. Nun will ich ihm eine machen lassen, nach der lächerlichsten Art gekleidet; diese soll ihm in die Hände gespielt werden, wie wenn sie von der Post an ihn gekommen wäre. Daß er die Mode gleich nachäfft, versteht sich. Wenn er nun triumphirend damit im Publikum erscheint: dann soll ihn öffentlicher Spott und Hohngelächter empfangen; und ist er dadurch beschämt genug: dann will ihm erst sagen, daß diese herrliche Mode, worauf er so stolz war, meine Erfindung gewesen; will ihm zeigen, daß er ein Narre sey, der das Lächerlichste schön zu finden, im Stande ist: nur darum, weil es aus England kömmt. Gehen ihm hier die Augen nicht auf; fühlt er nicht hier seine Narrheit: so fühlt er sie nie mehr; so ist er unheilbar verdorben; so mag er ins Tollhaus wandern.

wandern. Kommen Sie, kommen Sie, Herr Gevatter! laſſen Sie uns ungeſäumt die Hand ans Werk legen. Das Mittel wirkt gewis. Mit Frazzen muß man Frazzen ſpielen. *Er geht mit Koder ab.*

Kod. Aber daß nur ich nichts mehr mit ihm zu thun bekomme!

Ende des erſten Aufzugs.

# Zweiter Aufzug.

## Erster Auftritt.

**Littleman, Jaket.**

*Littlemann sitzt vor einem Tische, mit Thee, Butter und Brod. Er streicht sein Butterbrod; ißts, und schlürft Thee dazu.*

**Jaket** *kömmt herein.* Herr Kleinmann! draussen ist —

**Littl.** *wild auffahrend und den Jungen packend.* Wie verdammte Bestie! wie sagst Du? Ich will dir das englische Wort noch in Deine teutsche Gosche bringen, und sollten Dir die Zähne drüber in Hals fahren!

**Jaket.** *bebend.* Ach verzeihen Sie! Sfire Littleman! Sfire Littleman wollt ich sagen.

**Littl.** *sich gelassen niedersetzend.* Nun, was ist Jaket? Was willst Du?

Jak. Skire Littleman! draußen ist Marianens Mädchen; die will zu Ihnen.

Littl. Zu mir? Laß sie 'rein kommen. *Der Junge ab.* Was mag die Närrin wollen?

## Zweiter Auftritt.

### Littleman, Grete.

Grete. Ihre ganz gehorsame Dienerin, Herr Klein — Herr Littleman, wollt ich sagen. Und schon so frühe sind Sie angezogen und am Theetrinken? Hihihi! Nein, da mag ich nicht mithalten. Das warme Wasser da macht einem nur den Magen eitel. Ich lobe mir meinen Koffe. O! der schmeckt so gut, und stärkt einem doch den Magen, hihihi! Meine Fräulein und ich —

Littl. Mach Sies kurz. Was will Sie?

Grete. Meine Fräulein und ich, wollt ich nur sagen, trinken alle Morgen und Nachmittage richtig unsern Koffe. Aber der Papa darfs nicht

nicht wissen, und er muß doch bezahlen, hihihihi! das fällt so vom Marktgelde ab, hihihi! Aber das arme Fräulein! es schmeckt ihr schon einige Tage der Koffe gar nicht mehr recht, und sie sieht ganz übel aus sieht sie, und sie muß einen heimlichen Gram haben, das muß sie.

Littl. *ungeduldig.* Mach Sies kurz, sag ich; was schiert mich all der Quark?

Grete. Nun, daß ichs dann kurz mache: wie ich heute so mit ihr beym Koffe sitze: da fängt sie von Ihnen an, hihihi! und lobt sie gar erstaunlich, wie Sie gar so ein schöner, guter, artiger Herr wären, sagte sie; und wie sie ihr so wohl gefallen thäten, sagte sie; es wäre doch ganz was anders um die engländische Art, sagte sie; die hiesigen Herren, das wären doch all rechte einfältige Bengels dagegen, sagte sie —

Littl. *beiseite.* Die unausstehliche Närrin! *laut.* Hol mich der Teufel! ich lasse sie stehen, und gehe meiner Wege, wenn Sie nicht den Augenblick endigt.

Grete. Nun dann, werden Sie nur nicht böse, Skire Littleman! Also kurz und gut; da

gab

gab sie mir dann dies Briefchen, daß ichs Ihnen überbringen sollte, hihihi! Sie giebt ihm das Briefchen.

Littl. *Erbricht das Blatt, und liest es flüchtig und lachend durch.*

Grete. *Leise.* Ha ha, das gefällt ihm. Wie er lächelt! Ich dachte gleich, wenn er nur erst das Briefchen hat!

Littl. Warte Sie einen Augenblick. *Er schreibt geschwinde einige Zeilen.*

Grete. *leise.* Wie er auf einmal so heiter aussieht! Was so ein Briefchen thut! Wie meine Fräulein sich freuen wird! Hihihi!

Littl. *Legt das Billet zusamm, und giebts dem Mädchen.* Da hat Sie die Antwort.

Grete. Nun, ich empfehle mich Ihnen ganz gehorsamst, Herr Littleman! Nehmen Sie mir nichts vor ungut. Wann treff ich Sie denn allemal am gelegensten? denn ich werde nun doch wohl öfter zu Ihnen kommen müssen? hihihi!

Littl.

Littl. Wird gar nicht nöthig seyn. Uebergebe Sie nur das Billet. Da steht schon alles drinne.

Grete. Hihihi! Nun ich empfehle mich Ihnen, Herr Littleman! Ihre gehorsame Dienerin. Hihihi! ab.

## Dritter Auftritt.

### Littleman allein.

Muß doch meiner Lunge, mit dem tollen Briefe da Luft machen: so nüzt er wenigstens, mein Zwerchfell zu erschüttern. Liest laut.

\* \* \*

Nachts nach 10 Uhr<br>im Mondenscheine.

Warum wollen wir uns gegeneinander verstellen, Lieber? O! ich wußt es aus den ersten Blicken, aus dem ersten seligen Händedruck wußt ichs, und fühls tief im Innersten, daß unsre Seelen simpatisiren!

Er

*Er lacht herzlich, und fährt fort, im komisch em-
phatischen Tone, mit Pausen des Lachens da-
zwischen.*

Wie war mir, seit ich Sie zum Erstenmale
sah, hörte! Gestern mußt ich hinaus, hinaus;
ich hatte nirgends Ruhe — mir war so enge.
Ich nahm mein Mädchen mit, daß ich jemand
bey mir hätte, mit dem ich von Ihnen sprechen
könnte — und wir giengen durch eben das
Thor, wo Sie, mein Lieber, kurz zuvor herein-
geritten waren. Mich dünkte, noch die Spu-
ren von Ihrem Pferde zu sehen. Wie mir da
war! Ha! ich schnappte nach Luft.

*Pause des Lachens.*

Ich setzte mich nieder an einer Quelle, und
überließ mich ganz meinen Empfindungen.
Alles trauerte mit mir. Die ganze Gegend
hüllte sich allmählig in den grauen Schleier
der Nacht — das liebe Quelchen murmelte
wehmüthig — der blaße Mond hüllte sein
weinend Gesicht hinter trübe Wolken — und
die einsame Nachtigall trillerte in dunklen Ge-
büschen ihr melankolisches Lied. — Ach! sie
fühlen, dacht ich, sie fühlen, was ich leide! —

Eine

Eine bange Wehemuth, eine Ahndung bemächtigte sich hier meiner ganzen Seele, und meine Thränen rieselten hörbar.

Nun sitz ich hier im Mondenscheine, und schreibs Ihnen, und weine. O! schon lange sehnt ich mich, einen Mann zu finden, wie Sie sind. Nun hab ich ihn gefunden, das Ideal, das sich meine Seele schuf, der allein mir dies Leben wünschenswerth machen könnte — und ach! sollt ich ihn verlieren? sollte das, was ich fühle, Ahndung davon seyn? O mein Herz, das ohnehin so sehr zur Melankoley geneigt ist, würde diesen Stoß nicht aushalten!

Horch das Käuzlein heult vom Turme — es heult um mich! — Adie, Geliebter! Wenn ich einst ausgerungen habe, und der Mond scheinen wird auf mein Grab: denken Sie, daß ich noch im Tode war

Ihre zärtliche
Mariane.

Littl. der verschiedene Male, während dem Lesen inne gehalten hatte vor Lachen. O das ist herzbrechend,

chend, das ist nicht auszuhalten! Wirklich sind mir Thränen drüber ausgebrochen vom Lachen. —

Aber doch traurig, in der That traurig! Männer Teutschlandes! diese Gattung von Geschöpfen sollen in unserm Jahrzehnden die Gefährtinnen Eures Lebens werden? in ihrer Gesellschaft sollt Ihr Erholung finden von Euren Berufsgeschäften? — Dies ist nun die Frucht der Erziehung der Töchter in der feinen Welt unseres aufgeklärten Jahrhundertes: entweder sinds Zieraffen, die mit Empfindungen tändeln wie mit Blumen und Spitzen; sie nur zum Affiché für ihre Buhlsucht aushängen, und zur Lockspeise junger Laffen gebrauchen, ohne ein Quentchen wahre Empfindung im Herzen zu haben; oder es sind hölzerne Dratpuppen, die sich nur im Kreise der großen Welt bewegen, sich nur im ewigen Wirbel von Spiel und Putz und Ball und Schauspiel mechanisch herum drehen; und dabey nichts thun, noch denken, noch fühlen: als sich recht schön und zierlich zu kleiden, und zu gebärden, andere im Putze zu übertreffen,

treffen, einen oder etliche Zizisbeos zu haben, eine Liebesintrigue zu schlichten, und den Mann zu bethören. Dies sind die Geschöpfe, die als Gattinen uns unser Leben angenehm machen, uns lieben, unsre Kinder erziehen, unsre Wirthschaft führen sollen! — Ists noch zu verwundern, daß der Cölibat in unsern Zeiten so sehr einreißt, so mancher sich lieber in den Armen einer Buhlerin behülft, und diese grimassirende, schön gepußte Dratpuppen aufm Trödelmarkte stehen bleiben?

**Jaket kömmt.** Esquire! der Engländer steht schon gesattelt vor der Thüre.

**Littl.** Brav! Nun über Busch und Hügel wie der Wind. Das thut wohl dem gepreßten Herzen. Indeß geh Du nach der Post und frage, ob noch nichts an mich aus England da sey. Ich meine, ich könne die Modepuppe nicht erwarten: so verlangt michs darnach. *Bede gehn.*

Vierter

## Vierter Auftritt.

#### Mariane, ihr Mädchen.

**Mar.** Ist es möglich, solch eine Antwort auf meinen gefühlvollen Brief? Hab ich recht gelesen? *Liest laut.*

"Ich bedaure von Herzen, daß Sie ein Ideal gewählt haben, welches mit einem teutschen Mädchen so wenig zu simpatisiren weiß, und sich auf Quellengemurmel, Mondenschein, Nachtigallengesang, und Käuzleingeheul, schlechterdings nicht versteht. Leben Sie wohl."

Der infame Bengel! Ich hab ihn aber gleich für einen rechten derben Lümmel angesehn, und ich hätte ihm gewis meine Lebtage nicht geschrieben, wenn Du mirs nicht gerathen hättest, Du Dummkopf Du! Ich wollte, daß Dich der Henker hätte mit Deinem guten Rathe und den Erzsegel dazu! Der Kerl muß gar

gar kein gutes Herz haben: sonst hätt er mir unmöglich so eine impertinente Antwort auf meinen Brief geben können. Ein rechter boshafter Lümmel muß das seyn. Das hat mir noch keiner gethan, und Du weißt, ich habe fast denselben Brief schon bey dreyen gebraucht, und überall hat er die beste Wirkung gehabt. Aber nein, der ist der gröbste Flegel auf Erde, ganz ohne alles Gefühl.

Grete. Lassen Sies gut seyn. Wir werden bald derbe Rache erhalten. Die Modepuppe ist schon fertig, hihihi, zum Todlachen, hihihi! und eingepackt und verpetschirt in einer großen Schachtel, mit der Addresse an unsern Englischmann; die gab ich dem Jaket, und beschwatzte den Jungen, daß er sie seinem Herrn überbringe, als wäre sie von der Post gekommen. Das wird dann ein Hauptspaß werden, wenn so der Narre mit seiner englischen Mode stolzirend daher kömmt, und Wunder denkt, wie nun jedermann ihn anstaunen werde, hihihi!

Mar. Hihihihi!

Grete.

Grete. Und wie er dann verlacht, und verspottet wird, hihihihi!

Mar. Und wie er rasen wird, hihihi!

Grete. Hihihi!

Mar. Und weißt Du noch was? Damit wir unsere Rache recht an ihm kühlen, da hast Du Geld? *Zieht den Beutel hervor, und gibt ihr.* Vertheils unter die ausgelassensten Jungens, die Du weißt; damit sie noch andere werben, und ihm, wann er das erste Mal mit der neuen Mode erscheint, aufpassen, und ihn mit dem unbändigsten Hohngelächter verfolgen, und mit Kote bewerfen.

Grete. Bravo, hihihihi! Verlassen Sie sich auf mich. Ich will gewis die Sache ganz vortreflich veranstalten. Der soll sich ärgern zum Krepiren. Hihihi! Jaket kömmt. Lassen Sie mich mit ihm alleine; damit ich ihn gewinne. Ich will bald fertig mit ihm werden. Er ist ohnehin schon kirre, wie ich gemerkt habe.

Mar. Nun Grete, mache Deine Sachen gut. *Geht.*

Fünfter

## Fünfter Auftritt.

### Grete, Jakel.

**Jakel.** Ah! Jungfer Grete hier?

**Grete.** Zu dienen, Musje Jakel!

**Jakel.** Paßt Sie vielleicht schon wieder auf meinen Herrn. Sie muß was wichtiges mit ihm vorhaben; weil Sie diesen Morgen so lange mit ihm alleine war.

**Grete.** Hm, ha, wie mans nimmt. Ich darfs nicht sagen.

**Jakel.** J, aber mir doch wohl, Jungfer Grete? Ich bin gewis verschwiegen.

**Grete.** Nun, Ihm will ichs auch sagen. Sein Herr ist rasend verliebt in meine Fräulen. Sie gibt ihm aber nicht viel Gehör. Da hab ich ihm denn heut ein Briefchen bringen müssen; da gibt ihm meine Fräulen ein hübsch geflochten Körbchen drinne, sieht Er? —

Aber der Hagel! daß ich auch mein Maul nicht halten konnte, ich Plaudertasche! Ich glaube, der Musje Jaket könnte alles aus mir herauskriegen. Es ist wahr, ich habs schon oft gesagt, ich kann den Musje Jaket recht wohl leiden. Meine Fräulein vexirt mich immer, wenn ich ihn so lobe; Grete, Grete! spricht sie, Du bist gewis verliebt in Musje Jaket? Hihihi! Schlägt schamhaft die Augen nieder, und schielt mit einem schalkhaften Blicke nach ihm. Ja, sprech ich dann, da wär ich wohl überley; so ein hübscher, junger Mensch kann schon andere Mädchens haben. Nicht wahr, Musje Jaket? Sie faßt ihn an der Hand. Der Junge wird unruhig.

Jaket. Nein, Grete, ich kenne noch kein Mädchen, dem ich so gut wäre, als Ihr; ich möchte Sie gleich küssen! —

Grete. O du Loser! Sie kneipt ihn in die Backen, und neigt sich gegen ihn. Jaket schlingt seine Arme um sie, und will sie küssen. Nicht doch, Lieber! Was würde Er von mir denken, wenn ich Ihm gleich einen Kuß erlauben würde? Er muß mir erst zeigen, daß Er mich auch

im

im Ernste liebt. Die Mannsleute sind gar falsch!

Jak. O! wie kann ich das zeigen, Grete? Sag Sie mir, was soll ich thun?

Grete. Er kann mir gleich eine Probe geben. Da hab ich eine Schachtel; geb Er sie Seinem Herrn, und sag Er, daß Er sie von der Post für ihn bekommen habe. Und wenn von der Post eine kömmt: so halt Er sie noch zurücke.

Jak. Herzlich gerne. Gebe Sie nur, gebe Sie! Und wenn der Tod drin wäre! Aber daß ich alsdann gewis meinen Kuß bekomme.

Grete. Gewis, lieber Jaket! Warte, ich bin gleich mit der Schachtel hier. *ab.*

Jaket. Ein herrliches Mädchen! Ich fühle schon ihren Kuß auf meinen Lippen und durch meine Adern — und für so 'nen Kuß, was thät ich nicht?

Grete. *kömmt wieder.* Hier ist die Schachtel. Aber lieber Jaket! daß Du Dich fein nicht verräthst, und durch nichts irre machen läßt!

Jakel. Besorge Sie gar nichts. Aber wer ist mir Bürge für meinen Kuß?

Grete. Hier hast Du einen auf Abschlag, *küßt ihn*, und hundert folgen nach. Ich gehe, daß uns Dein Herr nicht überrasche. Wir sehen uns bald wieder.

Jakel. O! nur recht bald und recht oft! *Grete geht.* Wie mir auf einmal so wunderlich wird! Das Herz ist mir so schwüle, und pocht so, und ich mögte weinen; und doch ist mir so unaussprechlich wohl. So war mirs in meinem Leben nie. Wird einem so, wenn man Mädchens küßt? — *Indem er seinen Herrn kommen hört.* Ha, mein Herr! Nun die erste Lüge in meinem Leben — wie werd ich sie vorbringen können? — Aber meine Grete — ihre Küsse — ich muß — ich muß!

---

Sechster

## Sechſter Auftritt.

#### Littleman, Jaket.

Littleman, mit beſpritzten Stiefeln und Spornen, verzaußten Haren, im Hereingehn. Nun! iſt auf der Poſt was an mich da geweſen?

Jak. Nein, Skire! (Esquire)

Littl. Was iſt denn das vor eine Schachtel?

Jak. verwirrt. Sie iſt — ſie iſt von der — — Poſt gekommen.

Littl. Iſt der Burſche von Sinnen? Erſt ſagteſt Du, es wäre nichts an mich da geweſen, und itzt ſtotterſt Du, daß die Schachtel von der Poſt gekommen ſey. Du biſt ja ganz verwirrt. Was fehlt Dir?

Jaket. verwirrt. Nichts Skire! Ich — ich verſtand nur nicht gleich Ihre erſte Frage — drum

drum war ich betroffen, daß — daß ich nicht recht geantwortet hatte.

  Littl. Ha! das ist sie also, das ist sie gewis! *Er reißt mit Ungeduld die Schachtel auf.* Geschwinde laß sehn! *Er zieht eine Puppe hervor, die einen Hut trägt mit halb Ellen hohem Kopfe, um denselben eine goldene Schnur, an deren beeden Enden zwei Schellchen, statt Owasten, herabhangen. Am Leibe hat sie einen englischen Frack, der auf dem Rücken zugeknöpft ist. Indem er sie mit Entzücken betrachtet.* Sey mir willkommen! tausendmal willkomm in Teutschlande, theures Geschöpf meiner lieben Engländer! Ha! Du bist aus ihren Händen gekommen — aus ihrem Lande — bringst mir neue Erinrung, ihre Mode! Du bist mir heilig, heilig wie dem Katholiken ein Bild, das aus dem gelobten Lande käme, behängt mit Reliquien. *Er drückt die Puppe mit Entzücken an seinen Mund, und betrachtet sie nochmal.* Ha, welche Mode! der Rock auf dem Rücken zugeknöpft — ein eigner, origineller — ja, ein engländischer Gedanke! Da erkenn ich wieder die English Simplicity. Und in der That! nichts natürlicher, als den Rock aufm Rücken einzu=

einzuknöpfen, und den Ausschnitt des Rockes hinten zu tragen: fodert dann nicht die Natur hinten mehr Blöße in der Kleidung als vorne? Ja, ja, wahre Natur! wahre englische Simplicity! Wie man nur bisher immer den Rock vorne zuknöpfen konnte! hahaha! Das wäre gewiß noch keinem Teutschen eingefallen. Ha! es leben die Engelländer! und ihre Moden! Geschwinde, Jaket, geschwinde, lauf, und trage die Modepuppe zum Schneider. Sag ihm, ich werde gleich selber kommen. Dann schneide den Kopf aus meinem alten runden Hute, näh' ihn oben auf diesen, und binde mein breites Tafetband in der Mitte zwischen bede; damit man den Absatz nicht sehe. Fort, fort, geschwinde, geschwinde! Bede ab.

Ende des zweiten Aufzuges.

# Dritter Aufzug.

### Erster Auftritt.

Schreibzimmer des Herrn Kodex.

#### Kodex allein.

*Er sitzt an einem Schreibtische, zwischen Papieren und Folianten, mit der Brille auf der Nase, durch die Nase sprechend. Liest aus einer vor ihm liegenden Akte.*

"Also und dergestalten; daß, nachdeme sich
"ganz klärlichen veroffenbaren thuwet, und
"aus den unumstößlichsten Beweisthümern und
"indiciis evidentibus, nicht minder den hier
"eintrettenden Iuris principiis dargethan, und
"gezeiget ist, welchermaßen, wenn auch wirk-
"lichen Beklagter, wie er nichtiger und nie zu
"erprobender Weise asseriret —

Ein

Ein verteufelter Casus: casus spinosissimus! Ich setz ihn schwerlich durch. Die Foderung des Gegentheils ist zu klar. *Nachsinnend.* Muß suchen, daß ich meinen Klienten ad Iuramentum bringe: sonst ists verloren. Das Iuramentum, das Iuramentum das ist, und bleibt doch ein Refugium saluberrimum in jure! —— Aber —— das Iuramentum kompetirt dem Gegentheile. *Bedächtlich.* Halt! Ließe sich nichts auf ihn bringen, wodurch er dessen verlustiget würde? *Nachdenkend.* Da hab ichs! Richtig, richtig! Er ist des Ehebruchs vor langen Jahren überwiesen, Adulter, adulter ist er! Bravo! Mein Klient muß also ad Iuramentum purgatorium zugelassen werden. Herrlich! Nun ist die Sache gewonnen; denn —— ——

## Zweiter Auftritt.

### Isak Berlew, Kodex.

Isak *schaut zur Thüre herein.* Wäß nit, geh ich recht, oder onrecht; möcht gerä zu de Herr Podex.

Kod.

Kod. Kodex, wollt Ihr sagen. Und was wollt Ihr?

Isak. Aeß ich hab gehört, er sey gar so á cochemer Herr, de Herr Podex: háb ich doch was wollá mit 'm schmusá.

Kod. Ihr seyd schon recht. Ich bin es selbst. Was habt Ihr denn vorzubringen?

Isak. User, schaufle Massemate, schaufle Massemate! Háb á bósa Schuldner hier; is mer schuldig fufzig bare Guineá, au wai, fufzig Guineá — macht nach hiesigá Geld, sechshundert bare Guldá, au wai! und will nit blechá á Rat; aß ich doch hab geschriebá und gemohnt wie oft. Werdn á wol kenná, 'sis de Lord Littleman.

Kod. Ein sauberer Lord! Ja wol kenn' ich ihn. *Beiseite.* Hab ich Dich? Wart, ich will Dich zahlen für Deine englische Lektion. *Laut.* Sein Vater ist ein ehrlicher teutscher Bürger dahier. Wo ist er's Euch denn schuldig geworden und wie?

Isak. Wo is 'r mers schuldig wordá? in Göttingá, Gott behüt! háb 'm gschaft á ganzá
engli-

englische Garderob, zehn Klader, user! vornemā Klader, und ā Raretāt von e Belz, ā Raretāt von e Belz! — Da hab ich sein āgne Hand. *Zeigt Robex ein Papier, der es lieft, und ihm wieder gibt.*

Rob. *Beiseite.* Ich muß ihm nur erst recht bange machen. *Laut.* Aber wißt Ihr wohl, daß Euch für Eure sechshundert Gulden von Rechts wegen nichts gebührt?

Isak. Au wai! au wai! Nichts für meine sechshundert Guldā und die weite Rāß? Au wai! au wai! Und warum nichts?

Rob. Weil Ihrs einem Unmündigen geborgt, und ihn dadurch zu Verschwendungen verleitet habt. Um diesem Uebel zu wehren, haben wir ein eignes Gesätz in Iure, sub titulo: de minoribus viginti quinque annis. Doch das versteht Ihr nicht.

Isak. No, Gott behüt! schmusā Se mer nit so loh. Sind doch user! gar ā hochstudierter Herr; könnā mer doch helfā gewis. Und aß Se sehā, aß ich bin erkentlich: nemā Se ā klānā Present. *Er drückt ihm Gold in die Hand.*

Rob.

**Kod.** *Indem er das Geld ansieht, vor sich.* Sechs Dukaten! *Laut, indem ers einsteckt.* Ei! das ist gar nicht nöthig; ich diene jedem gerne aus Menschenliebe. Wie ist denn der Name?

**Isak.** Isak Berlew, Handelsjude von Göttingä, zu dienen.

**Koder.** Nun nehmen Sie mirs nicht übel; ich habe vorhin nicht gewußt, wen ich vor mir habe. Sie haben zwar einen schlimmen Handel, Herr Isak Berlew, einen sehr schlimmen Handel: aber seyn Sie darum außer Sorgen. Was der Advokat Koder nicht durchsetzt, das setzt keiner durch im ganzen Kurfürstenthume. Ein anderer würde Sie vielleicht in einen weitläufigen Prozeß verwickeln, Ihnen viele Unkosten machen; und am Ende gewännen Sie doch nichts. Aber nein! dazu bin ich der Mann nicht. Ich dehne nicht gerne, wie meine Herren Kollegen, die Sache ins Weite, um mich zu bereichern. Ich könnte von Ihnen ein parhundert Gulden Prozeßkosten schneiden: aber behüte mich Gott! und damit Sie sehen, daß ichs recht ehrlich und uneigennützig meine:

was

was lassen Sie sichs kosten, wenn ich Ihre Sache kurz und gütlich ausmache?

Isak. Gott geb Ihnen e langs Lebä und Gesundhät! Jo! will Ihnen gern blechä hundert Guldä Schmuß, und will nachlassä an der Schuld hundert bare Taler.

Kod. Nun gut. Noch eins. Hat nicht der Vater des Schuldners andere derley üppige Schulden für seinen Sohn in Göttingen bezahlt? Und hat nicht dieser sich etwa vor majorene angegeben, als er Ihre Schuld kontrahirte? Verstehn Sie nicht? hm! Sie verstehn mich doch? hm! hm! Nicht wahr, das hat er?

Isak. Rar! rar! Jo! jo! das hat 'r, das hat 'r. Is doch kairoschm! unser Räwe nur ä Schouda gege de Herr Poder. Noh! wann darf ich wieder anfragä?

Kod. Sie können morgen wieder kommen.

Isak. No, indeß lebä Se wol! Gott erhalt Se gesund! *Im Weggehn vor sich.* Ae kochemer Herr! e kochemer Herr!

E Dritter

## Dritter Auftritt.

#### Kodex, hernach Kleinmann.

**Kodex** allein. Sechs Dukaten und hundert Gulden, macht hundert dreißig Gulden; ohne das, was ich itzt erst noch von meinem Gevatter Kleinmann erhalten will. Und all dieß, ohne eine Feder anzusetzen! und jeder muß glauben, daß ich seinen Vortheil befördere. Aber dazu muß einer auch das Acumen Ingenii, Acumen Ingenii, wie Kodex, muß einer haben. Still! da kömmt Kleinmann schon.

**Kleinm.** tritt auf. Es geht, wie ichs dachte; mein Sohn ist schon mit ganzer Seele über seiner englischen Mode her. Er ließ sich, der Geschwindigkeit halber ein paar Hutköpfe auf einander nähen; und der Schneider mußte ihm, in größter Eile, ein Kleid nach jener Mode zurichten, das er mit Ungedult augenblicklich erwartet.

**Kod.**

Kob. Ich muß Ihnen aber dagegen sehr unangenehme Dinge von Ihrem Sohne berichten, lieber Herr Gevatter!

Kleinm. *betroffen.* Was? was?

Kob. Erzürnen Sie sich nicht. So eben ist ein Jude aus Göttingen bey mir gewesen, den er um 600 bare Gulden betrogen hat; indem er sich vor majorenn, vor einen Lord und was weiß ich, ausgab, und sich eine ganze Garderobe von ihm liefern ließ.

Kleinm. *Erschrocken.* Gütiger Gott!

Kob. Der Jude ist greulich aufgebracht; er will ihn auf seinen Wechsel arretiren lassen, und ihm Prozesse machen: wofern er nicht seine Foderung und seine Reisekosten bezahlt bekömmt. Er bestellte mich zum Sachwalter, und ich nam's an; nur um die Sache zu Ihrem Besten dirigiren zu können, Herr Gevatter! Ich hatte wirklich Mühe, ihn zu beruhigen; denn er wollte gleich auf den Arrest klagen.

Kleinm. *heftig.* Der verdammte Junge! Mag doch der Jude mit ihm machen, was er will. Seine thörichte Verschwendung hat mich

Geld genug gekostet. Ich zahle keinen Heller für ihn, und bins nicht schuldig.

Rod. Das hab ich auch gesagt. Aber der Jude wandte mir ein, Sie hätten öfter derley üppige Schulden in Göttingen für ihn bezahlt. Ist dem so? —

Kleinm. Ja freilich. Aber eben deswegen will ich keine mehr bezahlen.

Rod. Aber eben deswegen sind Sie nach den Gesätzen verbunden, diese auch zu bezahlen: wenn Sie nicht vorher öffentlich erklärt haben; daß Sie keine mehr für ihn bezahlen wollen.

Kleinm. Aber zum Teufel! von dem Gesätze wußt ich ja nichts.

Rod. Sie hättens doch wissen können.

Kleinm. Ei, Herr Gevatter! wie denn beym Elemente? Versteh ich denn latein? Hat mir jemand Ihr Gesätzbuch vorgelesen? Oder sagt uns Natur und Vernunft; wenn wir einmal was aus Güte gethan haben, daß wirs künftig aus Schuldigkeit thun müssen?

Rod.

**Kob.** Darum bekümmert sich der Jurist nichts. Der Jurist bekümmert sich um seine leges, und nach diesen muß er urtheilen.

**Kleinm.** Das heißt: der Jurist muß gegen Billigkeit, gegen Natur und Vernunft urtheilen!

**Kob.** Das verstehn Sie nicht, Herr Gevatter.

**Kleinm.** Nicht? Ist es etwa nicht himmelschreiende Unbilligkeit, einen Mann nach Gesätzen zu richten, die er nicht weiß, nicht wissen konnte; die weder in der Natur, noch in der Vernunft liegen? —

**Kob.** Um das bekümmert sich der Jurist all nichts. Dafür lassen wir die gelehrten großen Männer sorgen, die dieß bisher immer so vor gut gehalten haben. Wir halten uns an unsre Legem — und um das Uebrige bekümmern wir uns ganz und gar nichts. Kurz, Herr Gevatter! wenns zum Prozesse kömmt: so müssen Sie, so wahr ich Kober heise! bejahlen. Der Jude läßt Ihren Sohn indessen arretiren, und Sie setzen sich der größten Prostitution aus. Sie sehen,

sehen, daß ichs aufrichtig und freundschaftlich meine: denn es wäre ja mein Vortheil, wenn die Sache zum Prozesse käme. Ich könnte mir dabey brav Geld verdienen; es möchte hernach der Jude gewinnen, oder Sie. Aber ich bin nicht von denen, die sich aus anderer Haut Riemen schneiden wollen; und Sie sind mir zu lieb, Herr Gevatter, daß ich Sie in einen so schlimmen Handel verwickeln mögte. Itzt ließe sich vielleicht noch etwas herunter handeln; wenigstens die Reisekosten, oder so was. Ich würde schon den Juden zu bereden wissen. Hat er aber einmal vor dem Richter Recht erhalten: dann ists zu späte, und Sie haben noch oben drein Prozeßkosten zu bezahlen.

Kleinm. Nun, Herr Gevatter! wahrhaftig ich sehe, daß Sies gut und ehrlich mit mir meinen. Ich will dann gleichwohl noch bezahlen. Aber seyn Sie nur doch so gute, und suchen Sie von der Föderung des Juden etwas herunter zu akkordiren — die Reisekosten und etwa noch ein Hundert vom Kapital. Thun Sie mir das zu Gefallen, Herr Gevatter! Machen Sie ihm nur seine Sache recht gefährlich,

lich, verstehn Sie? Doch — Sie wissens selbst am Besten anzugreifen. — Ich will für Ihre Freundschaft gerne mit einem Dutzend Dukaten erkenntlich seyn.

Kob. Was denken Sie von mir, Herr Gevatter? Glauben Sie, daß ich Ihnen des Geldes wegen — —

Kleinm. Nicht doch, nicht doch! Ich weiß, daß Sie mir ohne dieses die Gefälligkeit thäten. Aber eine Gefälligkeit ist der andern wehrt. Meinem Laffen will ich tüchtig den Kopf waschen. Ich werde diesen Anlaß benützen, um dadurch seine Rückkehr zur Besserung befördern zu helfen; ich werd ihm sagen, daß ich außerdem ihn den Händen des Juden und der Justitz und aller Schande Preis geben wolle. Indeß, lieber Herr Gevatter! besorgen Sie meine Sache bestens, ich bitte Sie; es bleibt bey dem, was ich versprochen habe.

Kob. Ich werde mich, wie für meine eigene Sache verwenden; Sie können versichert seyn.

Kleinm. geht.

Kober.

Rob. *allein.* Hahaha! Optime! optime! das wären also wieder sechzig Gulden! Diese zu den hundert dreißigen, thun hundert neunzig Gulden. Hundert neunzig Gulden, in einem Tage! in einer Stunde! Hahaha! Genug gethan für heute, genug gethan. Nun kann ich mir schon ein Gläschen mehr schmecken lassen. Geht ab.

## Vierter Auftritt.

**Wohnzimmer des Littlemans.**

**Littleman, Jaket.**

Littleman in einem Fracke, nach obiger Fason, hinten zugeknöpft, einem Hute mit zwei aufeinander genähten Köpfen, um die Mitte derselben ein breites Band, unten um den Kopf eine goldne Schnur, mit zwei kleinen an den Enden herab hangenden Schellen — steht vor einem Spiegel; ist noch mit Anordnung seines Anzuges beschäftigt, wobey ihm Jaket hilft; und besieht sich von oben bis unten, mit der freudigsten Mine der Selbstgefälligkeit.

Littl. Ha! wie das läßt! herrlich! vortreflich! Die erste, ganz gewis die erste Mode in Teutschland.

land. Ah! wie sie da gaffen, und staunen, und mich beneiden werden! — Und ist einst diese Tracht allgemein; sieht man das Schöne und bequeme davon; erzählen die Alten einst ihren Enkeln lachend; daß man vor Zeiten so thöricht war, das Kleid vorne zuzuknöpfen: dann wirds heißen: Iohn Littleman war es, der dieser alten Mode zuerst auf den Kopf trat, und die Itzige aus England unter uns Teutschen einführte! — Nun zum ersten Male damit unter das gaffende Volk der Teutschen!

*Er geht voll Freude, hastig und stolz ab.*

Jaket, *der ihm erstaunt nachsieht.* Wozu soll denn alles das?

---

### Fünfter Auftritt.

**Mariane, Grete, Jaket.**

*Mariane und Grete laufen herein an das Fenster, und sehen hindurch, nach der Straße.*

Jaket *zu Greten.* Aber sag mir doch nur, was soll denn das geben?

Grete.

Grete. Närrchen! Du wirſts gleich ſehen.

Mar. fängt im Hinausſehn ein unbändig Gelächter an. Da ſind ſie ſchon, da ſind ſie ſchon hinter ihm her. — Wie ſie johlen! wie ſie ſchreien!

Man hört von ferne wildes Geſchrei.

Grete, die zugleich hinausſieht, lacht eben ſo heftig. Verteufelte Jungen!.... Ha! der Englishmann! ſehn Sie ihn? ſehn Sie ihn? Er iſt außer ſich vor Wuth. Bede lachen noch mehr.

Mar. Er ſchlägt unter die Jungens.... Wetter! das ſind verteufelte Bubens — ſie werfen ihn mit Kot!

Grete. Sie werfen ihn mit Kot! Bede lachen ausgelaſſen.

Jak. O mein Herr! mein armer Herr! Laßt mich naus, naus, daß ich unter die Spitzbuben fahre, und einen erwürge!

Grete, ſucht ihn aufzuhalten. Biſt Du tolle? Der Junge reißt ſich los, und läuft ab.

Mar. Sieh! welch ein Zuſammenlauf! welch ein Lerm!

Das Geſchrei von außen wird ſtärker.

Grete.

Grete. Ich seh ihn gar nicht mehr unter der Menge. — Ja! dort ist er wieder, dort kommt er! Er flüchtet! er flüchtet zurücke!

Mar. Sie laufen ihm nach! sie laufen ihm nach! .... Er kömmt, er kömmt!

Gelächter von beden. Der Lerm nähert sich. Man hört wild durch einander lachen und schrelen.

## Sechster Auftritt.

**Littleman, Mariane, Grete.**

Littleman stürmt wild und zerstört herein; kehrt sich in der Thüre noch um, und schreit, mit stotternder Wuth, zurücke:

Teutsche! Teutsche! Indem Er über die Bühne läuft, rasend: God dam the German! God dam the German!

Die Mädchens laufen mit lautem Gelächter ihm nach.

Ende des dritten Aufzugs.

Vierter

## Vierter Aufzug.

### Erster Auftritt.

#### Kleinmann, Kober.

Kleinmann. Welchen Dank bin ich Ihnen schuldig, bester Herr Gevatter! daß Sie mir den Juden auf eine so vortheilhafte Art vom Halse geschaft haben. Hundert Thaler, also noch funfzig Gulden mehr Rabbat am Kapitale, als ich zu begehren getraute, und die Reisekosten und Interessen dazu! nein, das heiß ich edel und freundschaftlich handeln.

Kob. Mühe hat michs wohl gekostet, den starrsinnigen Hebräer dahin zu bringen. Aber für einen Freund, wie Sie, scheu ich keine Mühe, und es macht mir Vergnügen, daß ich Ihnen dienen konnte.

Kleinm. Sie verdienen eine bessere Belohnung, als ich Ihnen geben kann. Indeß nehmen

nehmen Sie zum Zeichen meines guten Willens, die versprochene Erkenntlichkeit.

Kod. Ei, was thun Sie! Nein ich nehm es nicht. Ich diene meinen Freunden ohne Eigennutz, und ich bin schon durch das Vergnügen belohnt, Ihnen dienen zu können. Beiseite, nach dem Gelde schielend. Er wirds doch nicht wieder einstecken.

Kleinm. vor sich. Hätt ich doch in meinem Leben das nicht von dem Manne geglaubt. Wie man sich irren kann! Laut. Nein! Sie sind zu grosmüthig. Womit würd ichs Ihnen vergelten können?

Kod. vor sich. Länger ist kein Spaß zu treiben. Laut. Nun, wenn Sies doch so haben wollen. Nimmt das Geld. Ich dank Ihnen ergebenst. Lächelt freundlich, indem er die Goldstücke in der Hand besieht.

Kleinm. Ein Punkt wäre also glücklich in Richtigkeit gebracht. Nun ist der wesentlichste noch übrig; die Besserung meines Sohnes. Aber was das vor ein Spektakel war, Herr Gevatter! Ich dachte nicht, daß der Spaß mit ihm so weit gehen sollte. Davon stand gar nichts

nichts in meinem Plane. Das Gelächter von Kindern und der Spott einiger Zuschauer, würde, dacht ich, alles seyn. Aber diesen großen Zusammlauf, und daß sie ihn gar mit Kote bewerfen, und nach Hause verfolgen würden: das hätt ich mir nicht träumen lassen.

*Kod.* Je nun! wenn gleich die Dosis von Ihrem Rezepte ein bischen zu stark geworden ist: so ist sie doch nur desto heilsamer, und vielleicht war sie nöthig. Eine gelindere Portion hätte den Spleen schwerlich abgeführt; und wer weiß sogar, obs diese thut?

*Kleinm.* Ich habe große Ursache, es zu glauben: denn ich hab ihm den Text sehr derbe gelesen; hab ihn dabey mit dem Juden waidlich geschröckt, und dabey die Freude gehabt, zu sehen, daß er mich ganz beschämt und nachdenkend anhörte: und Scham und Nachdenken ist immer schon ein großer Schritt zur Besserung. Wenn ich ihm nun erst sagen werde, was ich ihm bis itzt aus Schonung noch verschwiegen habe; daß die Mode meine Erfindung war: wie viel mehr muß er seine Thorheit erkennen, und sich ihrer schämen? Vor allen muß ihm noch

noch verborgen bleiben, daß ich den Juden bezahlt habe: denn dieß ist der Wauwau; den ich nebenbey zu seiner Besserung gebrauche.

Rod. Und ich, Herr Gevatter! ich habe das Christkindchen für ihn, hahahaha! Wauwau und Christkindchen werden doch wohl was ausrichten. Treibt man ja das ganze Menschengeschlecht damit zu Paren.

Kleinm. Was meinen Sie, mit ihrem Christkindchen, Herr Gevatter?

Rod. Kurz und gut; daß Sies wissen. Ihr Sohn ist sterblich in meine Tochter verliebt, und meine Tochter in ihn. Ich habe Briefe von seiner Hand bey ihr gesehen, und ihr Mädchen begegnete mir, als sie gerade aus seinem Zimmer gieng; wo sie ihm einen Brief gebracht hatte. Das Mädchen gestand mir nachher, vermittels einem kleinen Geschenke, alles selber.

Kleinm. Ei nu! mich sollt es freuen, wenn wir durch unsre Kinder noch näher miteinander verbunden werden könnten.

Rod. Herr Gevatter! da haben Sie mein Wort. Meine Tochter soll Ihres Sohnes Weib seyn.

seyn. Ist er schon gebessert: so ist diese Verbindung seine Belohnung. Ist ers nicht: so machen wir sie zur Bedingnis, zur Conditio sine qua non. — Und es kann gar nicht fehlen, dies wird, dies muß der Sache den weit überwiegenden Ausschlag geben. — Kommen Sie, Herr Gevatter, kommen Sie; wir wollen indeß gleich die Ehepakte projektiren, die ich sodann in Formâ solennissimâ ausfertigen werde. Kommen Sie. *Bede gehn.*

## Zweiter Auftritt.

### Littlemans Zimmer.

*Nacht; ein brennend Licht; ein par Pistolen, Schreibzeug und Papier auf einem Tische.*

### Littleman allein.

*Er geht tiefsinnig im Zimmer auf und nieder.* Ja! es ist überdacht, beschlossen: ich will sterben! Ha Ihr! die Ihr mich im Leben beneidet, verspottet, daß ich den Engländern gleich zu seyn strebe,

Ihr

Ihr sollt mich nicht hindern, ihnen auch im Tode noch ähnlich zu seyn. Spottet dann, oder beneidet mich, dumme verdammte Bestien! — Der Tod allein drückt das Siegel auf unsern Karakter; und dann erst werd ich ein wahrer Engländer heisen, wenn ich auch englisch gestorben bin. Ruft: Jaket! Jaket! Jaket kömmt. Bring mir eine Butellie Wein. Der Junge ab.

Er setzt sich an Schreibtisch; und legt Papier zum Schreiben zurechte. Der Junge kömmt indeß mit dem Weine.

Ich brauche Dich heute nicht mehr; kannst itzt schlafen gehn.

Der Junge sieht bald auf seinen Herrn, bald auf die Pistolen aufm Tische, und geht langsam und bedenklich ab.

Jaket. Vor sich im Weggehn. Das kömmt mir verdächtig vor. Ich muß es gleich seinem Vater sagen. Ab.

Littleman, schenkt ein und trinkt, und nimmt die Pistolen. Willkommen Freunde! die Ihr mich bald in den süßen Taumel des Todes wiegen werdet, willkommen! — Ha! Herz! du schauderst noch? wie noch das Bischen Ueberbleibsel vom Teutschen in Dir aufzuckt! Er gießt ein, und

F        trinkt

trinkt wieder; hält die Pistole vor. *Schon schaudr'
ich weniger. Gedult! bald wirds werden. Nun
meinen Abschied an meinen Vater.* Er schreibt,
und lieſt, wie er schreibt.

*Lieber Vater!*

*Mir ist besser, ich gehe. Mich engts — ich
bin nicht in meiner Sphäre — ich will also
draus weg — will mich in einen anderen
Standpunkt verrücken — das ists all — will
mich niederlegen; weil ich müde bin — weiter
ists nichts, gar nichts.* Eine Pause des Nachdenkens, wobey er trinkt. *Kümmern Sie sich also
nicht um mich, und verzeihen Sie mir!* Er
gähnt — *Sterben, ha! dies ist ein Wort nur
Teutschen, nicht Engländern schröcklich.* Er
nickt hier, und trinkt wieder. *Ich sterbe gelassen,
und lege mich —* Er nickt wieder — *mit eben
dem kalten Blute ins Grab, womit —*

Er nickt, und schlummert vom Weine und der Anspan-
nung vollends ein.

Der Vater, der ihn belauscht hatte, schleicht itzt herbei,
nimmt die Pistolen vom Tische, und legt eine Ruthe
dafür hin; dann schreibt er einige Worte auf das
daliegende Papier. Worauf er sich in seinen Hin-
terhalt zurückzieht, und den Erfolg erwartet.

Der

Der Sohn erwacht itzt; sieht die Ruthe am Platze der Pistolen. Stummes Entsetzen — liest auf dem Papiere die Worte: „Narre! diese Waffe gehört für Dich." Er ist außer sich, vor Scham und Wuth.

Verflucht und verdammt! Welcher Streich! welche Beschimpfung! Wo ist der? wo ist der? Indem er wild auffährt. Tod und Verderben über den Hund! Rennt gegen die Thüre. Der Vater tritt ihm entgegen. Littl. fährt betroffen und sprachlos zurücke.

## Dritter Auftritt.

### Kleinmann, sein Sohn.

**Kleinmann.** Ich war es. Ich habe Deinen Albernheiten lange zugesehn; lange mich vergebens bemüht, Dich zu bessern; und Du willst noch auf all Deine Thorheiten die Größte häufen? willst den Affen noch im Tode spielen? Pfui! schäme Dich. Bist Du durch die Beschimpfung, die heute Deiner tollen Englischsucht wiederfuhr, nicht beschämt genug? So wisse, die Modepuppe, die Dich so bezauberte, war — meine Erfindung. Ich war es, der

F 2 sie

sie machen, und Dir in die Hände spielen ließ — Und dieser kleine Götze, den Du so abgöttisch verehrtest, war das Werk — einer hiesigen Putzmacherin.

*Littl.* schlägt sich verwirrt und mit stummen verbissenen Unmuth vor die Stirne.

*Kleinm.* Lieber Sohn! geh einmal in Dich. Nimm mir den kleinen Betrug nicht übel, den ich zu Deinem Besten spielen muste. Lerne daraus, wie sehr Dich Dein Vorurtheil trüge, das Dir die abgeschmackteste Kinderpuppe bezaubernd vorstellt; blos weil sie aus England kömmt. Lerne, daß ein Land viele Vorzüge haben könne, daß es aber thöricht sey, deswegen alles blindlings entusiastisch zu umfassen, was daher seinen Ursprung hat, und alles von sich zu stossen, und zu verachten, was nicht von dorten ist. Die Macht der Vorurtheile übt nur in Dummköpfen ihre ganze Stärke aus. Du bist zu weit über die Gattung dieser Menschen erhaben, daß ich glauben könnte, Du solltest Deiner Thorheit noch länger anhängen. *Littl.* Hört still und nachdenkend zu. Wohlan, mein Sohn! kehre zur Vernunft zurücke. Sey

Sey wieder mein Trost, meine Freude! und das Vergangene soll vergessen seyn.

Littl. ist gerührt, und fällt seinem Vater um den Hals. Mein Vater! — Ihre Güte durchdringt mein Herz. Ich müßte Ihr Sohn nicht seyn, wenn ich fortfahren könnte, Sie durch eine Thorheit zu kränken. Dank Ihrer sinnreichen Liebe, die mir den Schleier von den Augen riß, den ein modernes Vorurtheil um mich her zog.

Kleinm. umarmt ihn. O! daran erkenn ich meinen Sohn. Sey mir gesegnet für die Freude meines Lebens, die Du mir wieder giebst!

## Vierter Auftritt.

### Kodex, die Vorigen.

Kodex, der die Worte Kleinmanns im Hereingehn angehört hatte. Ha! bene, bene! recht so! das gefällt mir. Indem er auch Littleman umarmt. Lassen Sie sich an mein Herz drücken, lieber Sohn! Von nun an sollen Sie diesen Namen tragen. O! ich habe lange die Liebe zwischen Ihnen und meiner Tochter bemerkt; Schalkhaft lächelnd

*lächelnd:* so verborgen, als Ihrs auch vor mir habt halten wollen! *Littleman ist betroffen.* Werden Sie nicht betroffen; ich billige Eure Liebe, und gebe Ihnen hiermit meine Tochter zur Belohnung für Ihre Besserung.

*Littl. Verwirrt und stotternd.* Aber, Herr Koder.... erlauben Sie.... verzeihen Sie....

*Koder.* Keinen Dank, keinen Dank, mein Sohn! Und kurz und gut; sehen Sie, wie ich für Sie sorgte; der Aufsatz vom Ehevertrage ist bereits von uns, *nach Kleinm. zeigend,* gemacht. Er darf nur unterzeichnet werden — *Hier zieht er ein Papier aus der Tasche, und ruft zugleich, ohne abzusetzen:* Mariane! Mariane! — Qui cito dat, bis dat; man muß das Eisen schmieden, so lang es warm ist; und ich will das Fest Ihrer Besserung verherrlichen —

## Fünfter Auftritt.

### Mariane, die Vorigen.

*Koder fährt in einem Athem fort, ohne jemand zum Worte zu lassen:* Hier, Mariane! hier ist Dein Bräutigam! *Lächelnd mit drohendem Finger.* Ich habe

habe Eure bederseitige Liebe gar wohl ausgespäht. Da! gebt Euch die Hände. *Er nimmt hier die Hand seiner Tochter, und führt sie zu Littleman; dieser tritt erstaunt zurücke.* Wie doch der Herr Englishmann so verschämt thun kann! Die Herren Engländer sind doch sonst nicht so blöde beim Frauenzimmer, he? — Da! das ist für die englische Lektion, die Sie mir gaben — *indem er ihm die Hand seiner Tochter hinhält:* Da! sag ich.

Littl. *der indeß mit allen Zeichen des Erstaunens und der Bestürzung da stand.* Herr Rodex! es thut mir leid, daß ich mir so viel Güte verbitten muß. Hier ist ein Misverständnis. Ich habe nie Liebe für Marianen gefühlt; noch ihr von Liebe das Geringste vorgeschwatzt. Sie wird mir selbst das Zeugnis geben; und ich glaube auch nicht, daß sie Liebe für mich empfindet.

Rodex. *erstaunt und heftig.* Wie? Was, zum Teufel? hör ich recht?

Littl. *indem er sich an seinen Vater wendet.* Ich will nicht hoffen, lieber Vater! daß Sie gesinnt seyen, mir gegen meinen Willen die Heurath mit Marianen zuzumuthen. Nur unter diesem Bedingnisse bin ich meinem Versprechen getreu. Ich würde sonst nicht in Teutschland bleiben.

Kleinm.

Kleinm. Ich war nie anders mit der Heu=
rat verstanden: als wenn Du Marianen lieb=
test, wie mich Herr Kodex gewis versicherte.

Kodex. heftig aufgebracht. Quos ego!! —
sed motos preſtat componere fluĉtus.

Mar. Aergern Sie sich nicht Papa! Das
wäre wohl nicht der Mühe wehrt, um den Sir
Littleman, hahaha! Und wenn ich ihm meine
Hand gegeben hätte: so hätt' ichs nur aus Ge=
horsam gethan. Denn so einen, hihihi! kann
man noch kriegen, wenn sich der Markt schon ver=
loffen hat, hihihihi! ab.

Kodex. Injuria atrociſſima! atrociſſima injuria! Iſt dieß der Lohn dafür, daß ich den schönen
Lord hier von den Händen des Juden, von Schand
und Spotte befreite? Aber einen Prozeß will ich
Euch auf den Hals laden, daß Ihr dran zu tragen
haben sollt! Satisfaĉtionis will ich den jungen
Herrn für meine Tochter belangen, und zwar
Aĉtione aeſtimatoriâ: Aĉtione aeſtimatoriâ: Gebt
blitzig ab.

Kleinm. Das wäre also einmal eine Komö=
die, die mit Nichtheurathen ausgieng!

Littl. Mögte doch Vorurtheil und Schwär=
merey immer so glücklich besiegt werden!!

Ende des Luſtspiels.